POUR MON CHIEN FLOC,

ma famille, mes amis, et tous les gens formidables que j'ai eu la chance de rencontrer cette année.

Traduction de l'anglais par Benjamin Kuntzer

Avec la participation de Jean-Michel Fraulini

First published by Child's Play (International) Ltd.
© Marta Altés 2011
Titre original : No !

© 2013, Circonflexe pour l'édition en langue française
ISBN : 978-2-87833-638-2
Dépôt légal : janvier 2013
Imprimé en Asie
Loi n° 49-956 du 16 juillet 1949
sur les publications destinées à la jeunesse

NON !

Marta Altés

ALBUMS
circonflexe

SALUT!
Je m'appelle **Non.**

Je suis un ~~bon~~ TRÈS BON chien.
Je suis tellement gentil
que ma famille **ne cesse**
de répéter **MON NOM!**
ᵔᵕᵔ

J'aide mes maîtres
à se déplacer
PLUS RAPIDEMENT.

Je **goûte** leur nourriture avant eux pour M'ASSURER qu'elle est BONNE.

J'essaie de me faire BEAU pour eux.

Je RÉCHAUFFE leur lit avant qu'ils aillent se coucher.

Je RANGE leurs journaux.

Quand j'ai faim, je me nourris TOUT SEUL.

Je les AIDE à rentrer LE LINGE.

Ils doivent
m'aimer ♥
vraiment
BEAUCOUP.

Et moi aussi je les AIME !

Mais il y a juste UNE CHOSE que je ne comprends pas...

POURQUOI m'ont-ils ACHETÉ un collier avec un <u>autre nom</u>?

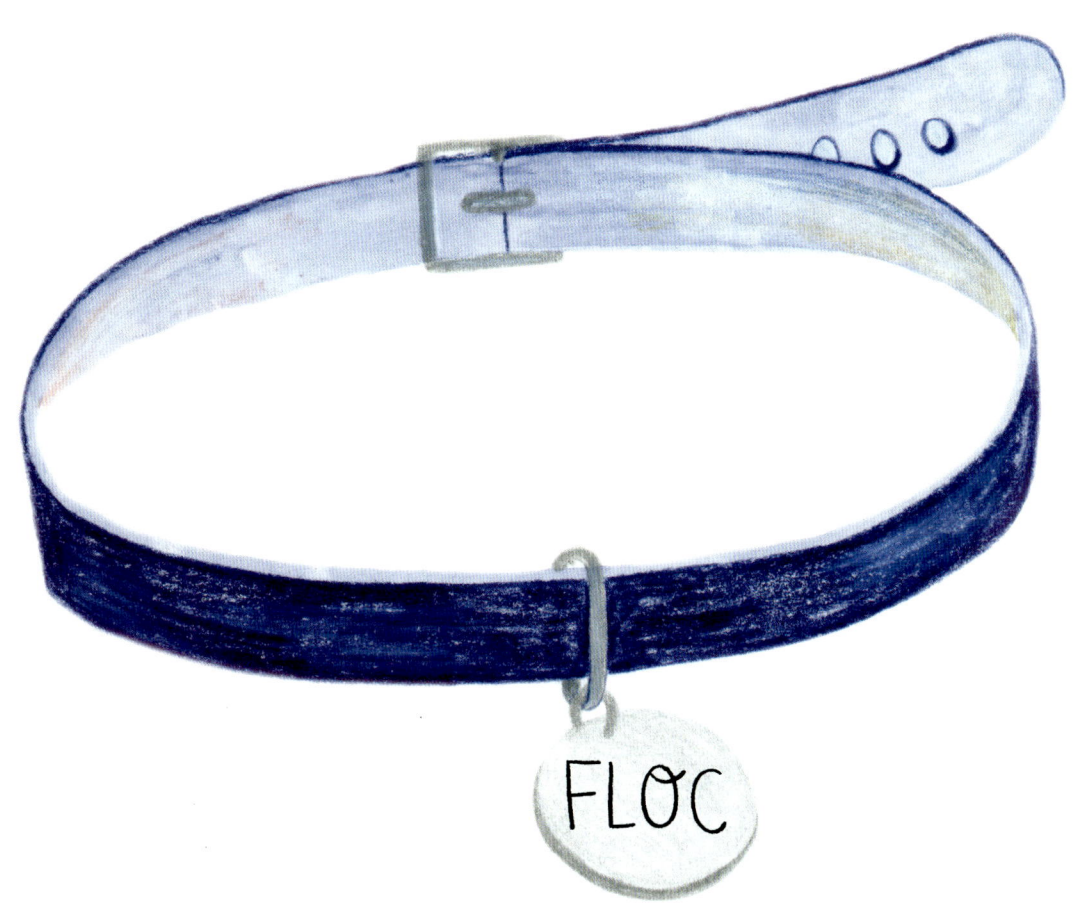